五行歌 百人一首

鮫島龍三郎 選

本歌集の百首は、１９９４年４月から２０２４年３月まで30年間に刊行された月刊『五行歌』360冊と、個人歌集や選歌集に発表された作品の中から、鮫島龍三郎が選して編んだものである。

目次には百首の通し番号、作品の一〜二行目、作者名、出典を記載している。なお、子どもの作品には作品頁に発表当時の年齢を付した。

はじめに

幼き頃、お正月に母が中心となって、家族全員で遊んだ百人一首のカルタ取りが、私の詩歌体験の原点だった気がします。

「小倉百人一首」は、藤原定家の選とされています（一部異説もあります）。「世上乱逆追討耳に満つと雖も之を注せず。紅旗征戎は吾が事に非ず」（明月記）と日記に記し、歌の道に一生を懸けた定家は、アンソロジスト（詩文集の編者）としても一流の歌人でした。

江戸時代に「小倉百人一首」は、上流層から庶民にいたるまで、古典和歌のテキストとして、あるいは、カルタ遊びや絵として、人気を博しました。百人の歌を一首選んでアンソロジーにする、それが時代を超えて人々の心を掴んだのです。

五行歌は、五行の「歌」、「詩」です。

この本は、五行歌を百人一首にすることによって、ひとりでも多くの方に五行歌のすばらしさを知ってほしい、との思いから生まれました。

この中の一首でも、あなたの心に残りますように。

鮫島龍三郎

目次

はじめに——3

1　恋・愛——11

001　喫茶店の／ドアの前で　小原淳子　2015年11月号
002　高速で／通りすぎる　広野游花　1999年7月号
003　「愛してる」／って　芳川未朋　2000年11月号
004　一線を／越えたのだ　仲山　萌　『五行歌秀歌集4』
005　深紅の薔薇が／ほどけるような　阿島智香子　2001年11月号
006　互いの／隙間さえ　小沢　史　2020年12月号
007　指の背で／撫でられる　紫野　恵　2022年8月号
008　涙が出るほど／昔の話に　神島宏子　2000年10月号
009　さよならを／言いながら　素　音　2005年3月号
010　日だまりの椅子に／山茶花の花びら　福田ひさし　2020年5月号
011　今では昔／密かな思いも　八木大慈　2020年2月号

2　わたし——25

012　こんなに／寂しいのは　草壁焰太　『心の果て』
013　落ちても／落ちても　屋代陽子　1995年9月号
014　知らない街で／行き交う人を　酒井映子　1998年7月号

3 宇宙・自然

015 心の言葉を／字幕にしたら　漂　彦龍　2014年5月号
016 何が／一番　樹　実　2001年1月号
017 いっそ／大きく凹もう　伊東柚月　2004年5月号
018 心は／振り子のよう　町田道子　2003年12月号
019 からだは／土　西垣一川　2000年10月号
020 満ち足らず／泣く　真野夏生　2001年9月号
021 潰れてしまうほどの／心の重さを　雅　流慕　2013年3月号
022 「酒と女に／だらしがない」　三友伸子　『五行歌秀歌集2』
023 旅人は／夢を　井椎しづく　『慈雨』
024 大衆受け／と　山崎　光　『宇宙人観察日記』
025 20億光年を／1キラリと名付けよう　三隅美奈子　2018年2月号
026 星を観るとき／不思議なのは　本郷　亮　2014年2月号
027 ある晴れた日に／蜘蛛は　其田英一　2002年12月号
028 最果ての／礼文は　髙樹郷子　『渾身の赤』
029 流れの軌跡を／岩に遺し　水源　純　『この鳩尾へ』
030 朝の湖面に／音もなく　柳瀬丈子　2014年10月号
031 黎明の湖畔／樹と大地と水が　吾木香　俊　2003年9月号
032 雨空も／青空も　岩瀬ちーこ　2019年8月号
033 何があっても／何も　庄田雄二　2002年11月号
034 昨夜の／雪が　大井修一郎　2001年4月号

035 寄せる波に／足を浸したまま　良　元　2000年4月号
036 草の／そよぎよ　藤内明子　1994年8月号

4 社会・文化　55

037 詩神は／純度の高いアルコール　佐々木エツ子　2007年1月号
038 自分の考えが／全く　河田日出子　2010年6月号
039 ヒトに／傷ついて　見山敦子　2001年1月号
040 人が作り出したもの／宗教に希薄な国の　甲斐原　梢　2003年5月号
041 垂直に立つ車／家に突き刺さる船　ともひめ　『五行歌秀歌集2』
042 会議室に／お茶を運んで　神部和子　2004年2月号
043 小さな　つって／先に行くバネを秘めてる　秋葉　澪　2013年10月号

5 家族　65

044 重篤の枕辺／妹と私に　秋川果南　2020年4月号
045 私／あなたが居ないと駄目なの　豊田占八　2002年11月号
046 あんなにも／愛してくれた　川岸　惠　2022年12月号
047 二男と三男が　父さんありがとう　倉本美穂子　2013年2月号
048 老母は／鉱泉煎餅を　大村勝之　2009年12月号
049 ひとりの中で／ふたつの心臓が　兼子利英子　2017年3月号
050 きょうは／だめなお母さんだったね　工藤真弓　2009年8月号
051 いつまでも／かわいいのは　遊　子　2010年6月号
052 娘よ／時給850円　窪谷　登　2001年8月号
053 さよならする時／翔くんは黙って　野田　凛　『五行歌秀歌集4』

6 幸せ

77

054 今が／何より　高山智道　1997年4月号
055 一途に／向かうものがある　柳沢由美子　2020年1月号
056 幼な児よ／溺れるほどに　永田和美　2010年12月号
057 おばあちゃーん／信頼の塊となって　吉川敬子　2003年12月号
058 月を見るたび／思い出す　詩　流久　2019年1月号
059 私が／私のために生きて　塚田三郎　2017年2月号
060 西へ西へと急ぐ／「のぞみ号」の旅　福家貴美『五行歌秀歌集1』
061 なんて／居心地のよい　髙橋美代子『五行歌秀歌集3』
062 馬と私が／空気の一玉となって　福田雅子　2013年7月号
063 なんか／ほんとの　水源カエデ『一ヶ月反抗期』

7 人生

89

064 ハムレットのポスターが／「生か死か」と…　松山佐代子　2003年3月号
065 ほんとうに／在った　鳥山晃雄　2019年9月号
066 遠からずきみは死ぬだろう／遠からず…　村田新平　2020年1月号
067 日暮れの喫茶店／珈琲を前に　鈴木理夫『五行歌って面白い』
068 リハーサル終了／本番いきま〜す　悠木すみれ　2011年8月号
069 夜空を駆け抜ける／流星にも似て　岡田道程『星月夜』
070 人の世には／山を越え　伊藤赤人　2000年4月号
071 遠くまで／照らされているわけでは　山碧木　星　2017年9月号
072 哀しみの／通奏低音を　旅　人　2013年3月号

073 自閉症の息子と／歩くと　桑本明枝　2011年2月号
074 へこまないために／今日も ポケットに　宇佐美友見　2021年6月号
075 誰であろうと／己が全人生を懸け　一　歳　2019年1月号
076 空に抜ける／山あいの道を見上げ　陣内尚子　1994年5月号

8　生老病死

105

077 生き残るとは／残酷な　紫かたばみ　2017年10月号
078 市の放送／ジーパンにリュック　森脇　一　2008年11月号
079 最悪でも／死　戸水　忠　『五行歌秀歌集2』
080 過去をわすれ／明日を怖れなくなった　下瀬京子　2014年11月号
081 魂が／柘榴のように　金子哲夫　2018年9月号
082 やがて花は／血が　村松清美　『五行歌秀歌集1』
083 蝉時雨さえ／断ち切るような　須賀知子　2021年12月号
084 死のうとした／日が　鳴川裕将　2020年6月号
085 さりげない／日常は　菅原弘助　2019年7月号
086 僕が生きている／あいだは　大島健志　2022年12月号
087 掌の中で／透明になる　村山二永　2005年7月号
088 妻が眠る／墓石に　いぶやん　2024年4月号

9　真善美

119

089 祇王寺の夏／深として　三好叙子　『母が降る』
090 心は／自転車のライトみたいだ　佐俣未来　『五行歌秀歌集1』
091 新月の／日本海が哭く　泊　舟　2012年2月号

092 羽黒蜻蛉の羽ばたき／蜩の声　南野薔子　2014年9月号
093 そこに／どんな花が　中島さなぎ　2020年8月号
094 私の触覚に／触れたのだから　かおる　『五行歌って面白い』
095 高台から見渡せば／こんな街とて　よしだ野々　2017年9月号
096 旅の終りは／誰も無口　宮澤慶子　2004年1月号
097 空が／破れたような雨　美伊奈栖　2010年7月号
098 もう限界／と　川原ゆう　2010年1月号
099 無から／生まれて　夕月　2023年6月号
100 昭和二十九年の春／私学高入試で…　扇　2016年2月号

五行歌との対話――133

跋　歌への愛が伝わる　草壁焰太――145

おわりに――150

〈出典の記載について〉
・年月号を付してあるものは月刊『五行歌』（五行歌の会発行）
・二重カギ括弧は個人歌集や選集の書名（すべて市井社刊）

1 恋・愛

渡辺淳一はいう
恋愛で
安らぎと
ときめきは
両立しない

渡辺淳一は『失楽園』などで有名な小説家です。もう亡くなりました。

恋愛でドキドキするのは、三年が限度、といいます。その後は安らぎの時期に入る、と。「安らぎ」と「ときめき」は両立しない、同じ人に二つの感情が並存することはあり得ない、ということでしょうか。

ひとりの異性に安らぎを覚え、もうひとりの異性にときめきを覚える。二人の異性が必要ですか？

人生の謎です。

喫茶店の
ドアの前で
雪を払って
手袋を脱ぐ
うれしい恋

小原淳子《おはらあつこ》

001

広野游花

—
002

高速で
通りすぎる
新幹線に
赤をぶっかけたいほど
君が　好きだ

「愛してる」
って
告げること
パンツ脱ぐより
むずかしい

芳《よし》川《かわ》未《み》朋《ほう》

——
003

一線を
越えたのだ
身体よりも
先に
心が

仲山　萌

—
004

深紅の薔薇が
ほどけるような
果てのない
絶頂の
かさなり

阿島智香子

—
005

互いの
隙間さえ
もどかしい
肌を脱ぐ
躯を脱ぐ

小沢　史

—
006

指の背で
撫でられる
屈辱と
羞恥と
快感と

紫《し》野《の》　恵《けい》

——
007

涙が出るほど
昔の話に
笑いころげた
別れの予感を
押しやるように

神島宏子

—
008

さよならを
言いながら
泣いた
やはり自分しか
愛せないのかと

素《もと》音《ね》
—
009

福田ひさし

—
010

日だまりの椅子に
山茶花の花びら
こんなにも空虚なのだ
あなたが
いないということは

八木大慈

011

今では昔
密かな思いも
燃え立つ恋も
蕩《とろ》けるような
至福の刻《とき》も

2 わたし

高杉晋作はいう
面白き
こともなき世を
面白く
と

高杉晋作は、江戸時代末期の長州藩の志士、奇兵隊を創設した人です。

会社にいた時、私はいつも若い人にこのことばを語っていました。

「世の中も、人生も、仕事も、ちっとも面白くないんだよ。だから、自分から動いて、世の中を、人生を、仕事を面白くしようよ。」

ハハハ、そんな熱いわたしもいたのです。

こんなに
寂しいのは
私が私だからだ
これは
壊せない

草壁焰太

―
012

落ちても
落ちても
つもることのない
思いよ
湖面に降る雪

屋代陽子

—
013

知らない街で
行き交う人を
見ている
この一点に
私がいる

酒井映子

—
014

心の言葉を
字幕にしたら
私は
即
上映禁止

漂《ひょう》 彦龍

015

何が
一番
辛いって
自分に
嫌われてることだ

樹《いつき》 実《みのり》

—
016

いっそ
大きく凹もう
いつか
多くを満たす
器になるのだ

伊東柚月

017

町田道子

―
018

心は
振り子のよう
悲しみに揺れ
喜びに揺れ
揺れて揺れて揺れ続けて

からだは
土
わたくしという
花が
咲ききる迄

西垣一川《いっせん》

019

満ち足らず
泣く
満ちてまた
泣く
心の海よ

真野《まの》夏生

020

潰れてしまうほどの
心の重さを
持ってみたい
生きてることすら
忘れるような

雅《が》流《る》慕《ぼ》

—
021

三友伸子

―022

「酒と女に
だらしがない」
あこがれちゃうなァ
わたしは
日常にだらしない

旅人は
夢を
みない
自分が
夢の中にいる

井椎《いしい》しづく

—
023

大衆受けと自己満足の汽水域

山崎　光

—
024

3 宇宙・自然

前野隆司はいう
人生はあぶく銭だ
死刑というより
奇跡だ
奇跡を楽しもう

前野隆司は、システムデザイン・マネジメント学、幸福学等の研究者です。

人生は、老や病の果て、死が待っている、虚しい、つらい、という人がいます。

それは違う、と前野は言います。人生はあぶく銭だ、生まれたことがとんでもない宇宙の奇跡、ラッキーだ、奇跡を楽しもう、と。

あなたは、どう思いますか?

20億光年を
1キラリと名付けよう
キラリ　キラリ
そんな長さで流れていくのだ
宇宙の河は

三隅美奈子

025

星を観るとき
不思議なのは
僕が
ここに
居ることだ

本郷 亮《あきら》

026

其田英一

027

ある晴れた日に
蜘蛛は
すすきの高みから
銀糸にのって
旅立った

最果ての
礼文は
鳥の影もない
雲の
住み処《か》

高樹郷子《さとこ》

—
028

流れの軌跡を
岩に遺し
川は
みえない水で
満ちている

水源《みなもと》　純

029

朝の湖面に
音もなく
さざ波が立つ
風が素足で
走ってゆくのだ

柳瀬丈子《たけこ》

—
030

吾木香　俊

031

黎明の湖畔
樹と大地と水が
交じり合った
この星の体臭を
嗅ぐ

雨空も
青空も
寺社も
アジサイの
背景

岩瀬ちーこ

—
032

庄田雄二
—
033

何があっても
何も
なかった
かのように
青空

昨夜の
雪が
日に輝いて
今朝の
雪

大井修一郎

034

寄せる波に
足を浸したまま
沖を見つめる鴎
微かな春を
捜している

良《よし》 元《はじめ》

035

草の
そよぎよ
夏草の
刈る手を止めて
吹かれている

藤内明子

—
036

4 社会・文化

ハラリはいう
国家や神や
貨幣と同様
自己もまた
想像上の物語

ユヴァル・ノア・ハラリは、イスラエルの歴史学者。『サピエンス全史』『ホモ・デウス』等の著作があります。ハラリは『ホモ・デウス』の中で、国家や神や貨幣と同様、自己もまた想像上の物語と語っています。

そうか、自分という存在も、また幻想、幻なのか、想像上の物語なのかと、グイグイ迫ってきます。

詩神《ミューズ》は
純度の高いアルコール
脳髄から
爪先まで
素早く染める

佐々木エツ子

—
037

自分の考えが
全く
正しい
それが
私の問題だ

河田日出子

—
038

ヒトに
傷ついて
ロボットに
癒される
二十一世紀

見山敦子

039

甲斐原　梢

人が作り出したもの
宗教に希薄な国の
渾沌と
宗教に濃密な国の
殺伐

040

ともひめ

041

垂直に立つ車
家に突き刺さる船
道路を塞ぐ瓦礫
オブジェを見るように
町を歩く

会議室に
お茶を運んで
ふと、振り返る
イソップの動物たちを
見たようで

神部和子

042

秋葉　澪
—
043

小さなつって
先に行くバネを秘めてる
きっと
もっと
ずっと　って遠く迄

5 家族

小林ハルはいう

いい人と
歩くは祭り
悪い人と
歩くは修行

小林ハルは、1900年（明治33年）生まれの、最後の瞽女《ゴゼ》といわれる方です。ゴゼとは、三味線をひき唄をうたい、村々を渡り歩いた女性の盲人芸能者です。ですから、このことばは、抽象的な人生論ではなく、実際にハルが旅をしている時、いい人と一緒に歩けば「祭り」、たまたま悪い人と歩けば「修行」と思おう、という、ハルの思いがこめられています。たまたまの出会いが、人生を「祭り」にし、「修行」にする。何と奥深く、心揺さぶることばでしょう。

重篤の枕辺
妹と私に
微笑みながら
父は
母だけを見ていた

秋川果南《かなん》

044

豊田占八
—
045

私
あなたが居ないと駄目なの
と
妻が言う
俺もさ

あんなにも
愛してくれた
あなたに
言わなかった
お父さん、大好き

川岸　恵

—
046

倉本美穂子

047

二男と三男が　父さんありがとう
長男が　母さんのことは心配しないで
僕らでちゃんとみるから　と言ったら
もう明くことはない夫の目から
涙がぽろぽろ零れた

048

大村勝之

老母《はは》は
鉱泉煎餅を
私と一緒に食べたくて
二つに割って
待っている

ひとりの中で
ふたつの心臓が
リズムを合わせてる
十月《とつき》だけの
二重奏

兼子利英子

—
049

工藤真弓

050

きょうは
だめなお母さんだったね
と呟けば
だめくない、と
じっと見つめる

いつまでも
かわいいのは
「私の子だから」
ただ
それだけの理由

遊　子

—
051

娘よ
時給850円
支払うから
バイト先の笑顔
我家でも

窪谷　登

052

野田　凛
—
053

さよならする時
翔くんは黙って
向こうにずんずん進んでく
あらん限りの表現よりも
バーバの胸をしめつける

6 幸せ

ルターはいう
たとえ世界が
明日終わりであっても
私はリンゴの樹を
植え続ける

マルティン・ルターは、十六世紀のドイツの宗教改革者です。

明日世界は消滅するかもしれません。明日、わたしは死んでしまうかもしれません。そんな心配をしてもどうしようもありません。

わたしにできることはただひとつ、毎日コツコツと自分のできることをやり続けること、それだけ。

あのルターですら、そう思って生きていたのでしょうか。

今が
何より
大切に思えて
水滴のように
丸くなっている

高山智道《ちどう》

—
054

一途に
向かうものがある
これ以上の
幸せを
知らない

柳沢由美子

—
055

幼な児よ
溺れるほどに
愛されよ
自分を信じて
生きていくために

永田和美《なごみ》

056

吉川敬子

057

おばあちゃーん
信頼の塊となって
飛び込んでくる
心の始まりを
抱きしめる

月を見るたび
思い出す
あなたが
生きていた頃の
時のまぶしさ

詩流久《しるく》

058

塚田三郎

—

059

私が
私のために生きて
それが人のためにも
なったのなら
こんな嬉しいことはない

西へ西へと急ぐ
「のぞみ号」の旅
だんだんと
空が青くなる
山が丸くなる

福家《ふけ》貴美《きみ》

—
060

なんて
居心地のよい
場所だろう
私が
主であるという家

髙橋美代子

—
061

馬と私が
空気の一玉となって
ふわっと弾む
体験乗馬の
まさかの一瞬

福田雅子

—
062

なんか
ほんとの
はなしを
すると
おちつくね

水源《みなもと》カエデ（六歳）

—
063

7 人生

スマナサーラはいう
人生は
ゲームです
たんたんと
ゲームを楽しもう

スマナサーラ長老はスリランカから来た上座仏教の長老です。

わたしは毎朝三十分瞑想をしていますが、「ヴィパサナー瞑想法」を彼から教えていただきました。

『人生はゲームです』という本では、日本の仏教とはまったく異なった、南伝仏教の教えが展開されています。

そうか、人生はゲームなんだ。

064

松山佐代子

ハムレットのポスターが
「生か死か」と問いかける
生きるにきまっちょる！
毎朝応えながら
改札へ急ぐ

鳥山晃雄《てるお》

—

065

ほんとうに
在った
時間なのか
ただなつかしい
日々

村田新平

―
066

遠からずきみは死ぬだろう
遠からずぼくも死ぬだろう
その後も　雲は流れ
木々は揺れ
草は戦《そよ》ぐだろう

鈴木理夫《まさお》

—067

日暮れの喫茶店
珈琲を前に
ずっと無言の妻と私
隣の席で50年前の二人が
はしゃいでる

リハーサル終了
本番いきま～す
なんて言われて
もう一度生き直すのは
しんどいかも知れないなぁ

悠木すみれ

—
068

岡田道程

069

夜空を駆け抜ける
流星にも似て
一瞬　光を放つ
人の一生
零から始まり零へと消える

人の世には
山を越え
河を渡っても
辿りつけない
ふる里がある

伊藤赤人

070

遠くまで
照らされているわけでは
ないけれど
歩をすすめれば
灯っていく

山碧木《やまあおき》　星《ほし》

―
071

哀しみの
通奏低音を
抱えて
二人で
生き続ける

旅人
—
072

桑本明枝

自閉症の息子と
歩くと
街は　舞台だ
私は
助演女優賞をもらう

—
073

宇佐美友見

—
074

へこまないために
今日も ポケットに
しのばせる
極上の
プランB

一歳 — 075

誰であろうと
己が全人生を懸け
問い続け
問われ続けている
生きる意味

陣内尚子

—
076

空に抜ける
山あいの道を見上げ
私も
今日を
越えようと思う

日 生老病死

池田晶子はいう
悩みや苦しみは
人生には先がある
と思う
錯覚

池田晶子は、哲学者、文筆家。若くしてなくなりました。

わたしは「心臓」と「癌」、二つの大手術を経験しています。明日は死ぬかもしれないと思ったとき、明日の心配はしなくなります。ましては、あれほど気になっていた「死後」のことなど、頭から消えてしまいました。

そうか、悩みや苦しみは、人生には先があると思う錯覚から生まれるのか、と教えられました。

生き残るとは
残酷な
罰ゲーム
自由さえ
持て余している

紫かたばみ

―
077

市の放送
ジーパンにリュック
痩せ型の老人
あ　俺のことだ
探しに行こう

森脇　一

078

最悪でも
死
そのなんと
軽い
憂い

戸水　忠

—
079

下瀬京子

080

過去をわすれ
明日を怖れなくなった
老母は
日々笑顔の花の
大盤振る舞い

金子哲夫

—
081

魂が
柘榴のように
割れた
気がした
妻の死んだ日

村松清美

082

やがて花は
血が
ざわめくように
深紅色へと変わる
さぁ　桃の受粉の時だ

蝉時雨さえ
断ち切るような
泣き声
幼子の
命がほとばしる

須賀知子

—
083

死のうとした
日が
あった
今日はわが子が生まれる
なんということ！

鳴川裕将

—
084

さりげない
日常は
断崖絶壁に
咲く
花

菅原弘助

085

僕が生きている
あいだは
みんな
僕より先に
死んでしまう

大島健志《たけし》

086

掌の中で
透明になる
掬い
あげた
海の青

村山二永《ふたなが》

087

妻が眠る
墓石に
うっすら初雪
手袋を脱いで
ぬぐう

いぶやん

088

9 真善美

小林正観はいう
苦とは
思いどおりにならないこと
悟りとは
受け入れること

小林正観は、心学研究者。2011年に亡くなりました。

ブッダは、人生は「苦」であるとし、「悟り」について語りました。

「苦」とは何か、悟りとは何か、難しい議論が果てしなく続きます。

苦とは「思いどおりにならないこと」、悟りとは「受け入れること」というとなにかわかった気がするから不思議です。

祇王寺の夏
深《しん》として
千年の約束のように
白猫
膝にきて眠る

三好叙子《のぶこ》

—
089

090

佐俣未来（小五）

心は
自転車のライトみたいだ
自分でこがないと
けっして
光ってはくれない

新月の
日本海が哭く
底知れぬ
お前の業が
哭いている

泊《はく》 舟《しゅう》

―
091

092

南野薔子《しょうこ》

羽黒蜻蛉の羽ばたき
蜩《ひぐらし》の声
夏だけの異界へと
私を
曳く

中島さなぎ
—
093

そこに
どんな花が
飾ってあったか
忘れるのだ
男は

私の触覚に
触れたのだから
君は
私に食べられる
理由がある

かおる

—
094

高台から見渡せば
こんな街とて
絵画のような港町
さてと　降りて
絵の具となりますか

よしだ野々

—
095

旅の終りは
誰も無口
満たされた思い出と
戻らない
刻《とき》をおもい

宮澤慶子

―
096

空が
破れたような雨
窓の大きな水滴は
君を宿した
子宮に似てる

美伊奈栖《びいなす》

—
097

もう限界
と
真っ赤な柿
宙《そら》を
手放した

川原ゆう

098

無から
生まれて
無に帰る
歌一つ
残して

夕《ゆ》月《づき》

—
099

扇《おうぎ》

100

昭和二十九年の春
私学高入試で親の面接時
洗いざらしのブラウスにもんぺ姿の義母に
面接員が学費の説明をした時
どんな事があってもご迷惑はかけません
凛として言ったという母の言葉に私も泣いた

五行歌との対話

五行歌百人一首を編むために、一年かけて、三十年の月刊『五行歌』を、一日中読む生活をしようと、昨年（２０２３年）の春、思いました。
一首読むごとに作者の生活、思いが浮かびます。一首に心動かされた時の嬉しさは格別です。
折しも昨年の十月に両耳が突発性難聴になり、まったく音のない世界になりました。一日歌を読み、夕方、散歩に行く、何という至福の日々でしょう。

突発性難聴
音のない世界にいる
夕焼けの
なんという美しさ
ブッタの最後の旅のよう

五行歌百人一首をイメージしたとき、頭に浮かぶ歌、歌人は、二百を超えていました。それを百人一首に絞り込むことは、たいへんきびしい仕事でした。（もとより歌人としてもアンソロジストとしても未熟な私にとって）。

それからつらかったのは、一歌人から一首しか選べないことでした。たとえば、草壁焰太先生の歌から一首だけ選ぶ…とんでもないことです。

そのような悪戦苦闘の末、この五行歌百人一首はできました。

以下、百首のなかから数首、歌との、作者との対話を試みたいと思います。

＊

佐俣未来（小5）―090

心は
自転車のライトみたいだ
自分でこがないと
けっして
光ってはくれない

　五行歌は、幼児、小学生、中学生、高校生にもすばらしい歌がたくさんあります。草壁先生は、子どもの五行歌の普及にも大いなる情熱を注がれました。

　この歌は、当時、小学五年生の歌。

まず、比喩がすばらしい。心を自転車のライトに喩えるとは。そう、心は自分でこがないと、けっして光ってくれないのです。

　私は、心が沈んだとき、この歌に何度も励まされました。

＊

三好叙子—089

祇王寺の夏
深《しん》として
千年の約束のように
白猫
膝にきて眠る

情景が目に浮かびます。祇王寺に行ったら、たまたま白猫が膝にきて眠った。たったそれだけのことを、千年の約束のように、と捉える作者の感性、知性の奥深さに感嘆するばかりです。

五行歌の名歌の一首です。

作者の三好叙子氏は、五行歌の会の副主宰として、三十年にわたり、五行歌運動を支えている方です。

『母が降る』より

母が降る
母が降る
一日《ひとひ》
静かな
雨となって

＊
紫かたばみ——077

生き残るとは
残酷な
罰ゲーム
自由さえ
持て余している

たとえば、病気に打ち勝って、生き残った、今回も勝った、と。しかし、生き残ることが残酷な罰ゲームとは、何たる人生の皮肉でしょう。生き残った末、ますますつらい人生が待っている。体の不調が重なり、親しい人もだんだんいなくなる。そして、あれほど待ち望んでいた自由な時間ですら、恐ろしいほどの退屈に変わっていく…長寿とは、恩恵でしょうか、罰ゲームでしょうか。
作者にはこんな歌もあります。

一度
生まれ落ちたら
生きては
帰れないのが
人生

*

ほんとうに
在った
時間なのか
ただ　なつかしい
日々

鳥山晃雄―065

時間というのは、思い出のことでしょうか。過去に在ったということは、今は存在しないということです。

あのなつかしい日々は、ほんとうに在ったのだろうか、と作者は問います。時間の不思議、なつかしさ、せつなさを歌った名歌です。

作者には、こんな歌もあります。

私が
居なくなってからも
続いていく時間を
希望と
名付ける

＊

松山佐代子—064

ハムレットのポスターが
「生か死か」と問いかける
生きるにきまっちょる！
毎朝応えながら
改札へ急ぐ

ハムレットの「生か死か」なんて甘っちょろい言葉、蹴とばしてしまえ、シェイクスピアもぶっとばせの心意気でしょうか。

「私」は、朝早く起きて仕事に行かなければならない。「生存」のために、好きとか嫌いとか、やりたいとかやりたくないとか、悩んでる暇はないのだ、と。

生きるにきまっちょる！ そう言いながら、作者の心の中には、いつも歌があります。豊かな歌の世界があります。

＊
秋川果南―044

重篤の枕辺
妹と私に
微笑みながら
父は
母だけを見ていた

情景が浮かびます。

父は二人の娘がかわいいのです。でも、何十年も苦楽を共にしてきた妻が、やっぱり一番なのです。切々とその気持ちが伝わってきます。

作者には、母を歌った歌もあります。

私に叱られた
老母
ちいさな声で
唱歌を
歌う

＊

三隅美奈子―025

20億光年を
1キラリと名付けよう
キラリ　キラリ
そんな長さで流れていくのだ
宇宙の河は

二十億光年は、時間としても、空間としても、想像を絶するスケールですが、作者にとっては一キラリにすぎません。キラリ、キラリ、と流れる宇宙のイメージ――

作者の歌人としての想像力、創造力は、驚くばかりです。

一方、作者にはこんな繊細な歌もあります。

ふいに　何かが
心をかすめ
切なくなった
頬に溶ける風花ほどの
微かな何か

『博物詩』より

＊

扇　―100

昭和二十九年の春
私学高入試で親の面接時
洗いざらしのブラウスにもんぺ姿の義母に
面接員が学費の説明をした時
どんな事があってもご迷惑はかけません
凛として言ったという母の言葉に私も泣いた

最後に百首目の歌を。

六行の五行歌です。文章のように長い五行歌です。それでいてことばのひとつひとつに無駄はありません。きちんと生きていく姿勢、どんなに苦労をしても、子にちゃんとした教育を受けさせたいという母の思い――昭和の時代は、このような女性たちに支えられていたのです。

五行歌五則（2008年9月改定）

一、五行歌は、和歌と古代歌謡に基いて新たに創られた新形式の短詩である。

一、作品は五行からなる。例外として、四行、六行のものも稀に認める。

一、一行は一句を意味する。改行は言葉の区切り、または息の区切りで行う。

一、字数に制約は設けないが、作品に詩歌らしい感じをもたせること。

一、内容などには制約をもうけない。

跋　歌への愛が伝わる

草壁焰太

鮫島さんから『五行歌百人一首』をやってみたいという話があったとき、私は両手を上げて大賛成だった。彼は、この三十年の『五行歌』誌を改めて全部読み直され、百人の一首を決めた。全体を見るというのは、こういう選をする者には必須のことであるから、大変な努力であったろうと思う。

そのせいか、途中で耳が聞こえなくなるという病気になられた。おそらく、その努力のせいではなかったかと思う。

私は、毎月の巻頭佳作を選しており、五年に一度『五行歌秀歌集』を編んでいる。私としては、これで十分であり、同時に手いっぱいでもある。したがって、『百人一首』のような纏め方もあるとは思うが、私自身がやろうとは思っていなかった。

鮫島さんのように、五行歌を愛する方が、角度を変えてこういう選をするのは、大賛成である。

読んでみると、百人のとてもいい歌が採られており、自分が選んだとしてもこの歌を選ぶだろうと思われるものが数十首あった。だいたい三〇%は同じになるのではないかと思う。

しかし、同時にこんないい歌があったのかと、虚をつかれた感じの歌が数首あった。

これは「やられた！」という気持ちになった歌である。よくこれをみつけ、これに決めたと感心する歌であった、その一首は、河田日出子さんの、

自分の考えが
全く
正しい
それが
私の問題だ

と、樹実さんの、

何が
一番
辛いって
自分に
嫌われてることだ

である。私も一度は見た歌であり、選もしたかもしれないが、現在の意識からは消えている。よかったなーと思うと同時に、よくみつけてくれたと感謝したくなった。採られている歌に、これこそは採るべき歌と共感する歌も多い。雅流慕さんの、

潰れてしまうほどの
心の重さを
持ってみたい
生きてることすら
忘れるような

は、私が作者よりも力が入るほど、褒めたいと思った歌だった。ほかにも、これをみつけたのは、私だよと言いたい歌もある。一川さんの「からだは／土…」は、歌稿の紙の端に小さく書かれていた歌だった、それを激賞した記憶がある。

ほかにも、しばらく歌と話し合うことが多く、百人一首ならあっという間に読んでしまうだろうと思った予測は外れ、読み通すまでに二、三時間はかかった。

一つ一つの歌との語り合いの時間が、思ったよりも長く、文字一杯のふつうの本と変わらぬくらいの時間が必要になったのである。

読み終えて、それでこそ、百人一首だなあと慨嘆した。

よくやって下さったと思った。

歌とのこういう語り会いの時間は、とても嬉しい。長い時間をかけて、百人一首を選ぶために『五行歌』全冊を読まれていた鮫島さんの姿が浮かぶ。

歌への愛は、十分伝わりましたよ、それが私の鮫島さんへの返信である。

おわりに

月刊『五行歌』は1994年4月に創刊されました。三十年前です。

このたび、三十年の歌を読み直してみて、あらためて、五行歌の三十年の歩み、一人一人の歌人の歩みを、驚きをもって眺めることができました。

もとより私は、定家のような、一流の歌人でもなければ、一流のアンソロジストでもありません。的はずれの選歌や、見逃した多くの歌があるでしょう。お許しください。

この本は、わが師、草壁先生の教え、導きなくして存在しませんでした。先生は、五行歌の創始者として、一流の歌人であり、なお『五行歌秀歌集』編者と一流のアンソロジストでもあります。

水源カエデさんには、素晴らしい写真を提供していただきました。水源純さんの編集の力なくして、この本は存在しませんでした。ありがとうございました。

また、三好副主宰はじめ事務局皆様、感謝、大感謝です。
ふりかえれば、たくさんの歌友に励まされています。
そして、いつも隣にいてくれる、敦子に感謝。

鮫島龍三郎

鮫島 龍三郎（さめじま りゅうざぶろう）

1952 年　鹿児島に生まれる
現在、さいたま市在住
五行歌の会同人
著書に、五行歌集『喜劇の誕生』（2020 年）ほか、
五行歌入門書として選歌集『五行歌って面白い』
（2018 年）『五行歌って面白いⅡ』（2019 年）がある。

五行歌の会について　https://5gyohka.com/

五行歌とは五行で書く歌のことです。この詩形は、
五行歌の会の主宰・草壁焰太が 1957 年に発想し、
1994 年に約 30 人で会はスタートしました。
五行歌の会は月刊『五行歌』を発行しており、会
員になると雑誌に作品を掲載できます。詳細は、
お電話（03-3267-7607）か、サイトのお問い合わ
せフォームからお問い合わせください。

五行歌　百人一首

2024 年 10 月 10 日　初版第 1 刷発行

選者・著者　鮫島龍三郎
発行人　三好 清明
発行所　株式会社 市井社《しせいしゃ》

〒 162-0843
東京都新宿区市谷田町 3-19 川辺ビル 1F
電話　03-3267-7601
https://5gyohka.com/shiseisha/

印刷所　創栄図書印刷 株式会社
写真・装丁　水源カエデ

ISBN978-4-88208-214-9